la Scala

ANDREA CAMILLERI
La targa

Rizzoli

Proprietà letteraria riservata
© 2015 RCS Libri S.p.A., Milano
ISBN 978-88-17-08437-6
Prima edizione: agosto 2015

La targa

Uno

La sira dell'unnici di jugno del milli e novicento e quaranta, vali a diri il jorno appresso alla trasuta 'n guerra dell'Italia allato all'alliata Germania, nel circolo Fascio & Famiglia di Vigata comparse 'mproviso Micheli Ragusano.

Naturalmenti squasi nisciuno jocava, tutti stavano a parlari 'nfervorati di quello che era capitato il jorno avanti, quanno il paisi 'ntero, vecchi, picciotti, fimmini e picciliddri e pirsino malati che per la granni occasioni avivano lassato il letto, era scasato per scinniri 'n piazza ad ascutari il discurso di Mussolini trasmesso dall'altoparlanti.

E appena che aviva finuto di parlari Mussolini era successo il virivirì, il quarantotto, il tirribilio, tutti a fari voci di «A morti la Francia!», «A morti l'Inghilterra!», «Viva il duce!», «Viva il fascismo!», e le pirsone parivano 'mbriache d'alligrizza e ballavano e satavano e cantavano 'ntusiasti «Giovinezza, giovinezza», come se la guerra fusse la vincita di 'na quaterna al lotto.

Erano cinco anni e passa che Micheli Ragusano ammancava da Vigàta, eppuro manco uno che fusse uno della vintina di soci che sinni stavano a jocare o a chiacchiariare ricambiò il sò saluto o gli spiò come se l'era passata in tutto quel tempo.

Il fatto era che quei cinco anni Ragusano sinni era stato confinato a Lipari, 'n seguito a una connanna avuta come "diffamatore sistematico del glorioso regime fascista" eppercciò non era prudenti ammostrarsi in confidenzia con lui, tanto cchiù che quella sira era prisenti macari Cocò Giacalone, un omo granni, grosso e manisco che era cognito essiri 'na spia del Fidirali e dal quali macari i fascisti cchiù fidati si quartiavano dato che era capace della qualunque.

Micheli Ragusano, che quell'accoglienza se l'aspittava, senza diri né ai né bai annò alla rastrillera dei giornali, sinni pigliò uno e s'assittò a un tavolino mittennosi a leggiri.

Fu a questo punto che Cocò Giacalone si susì, la facci 'nfuscata, s'avvicinò a don Filippo Caruana, il presidenti del circolo, che si stava facenno la solita partita di trissetti e briscola, e gli parlò concitato all'oricchio.

«Ma è propio nicissario?» spiò dubitativo don Filippo.

«Nicissarissimo!» replicò duro Giacalone.

«Ora?»

«Ora!»

Don Filippo posò a lento le carti, si susì di malavoglia, annò al tavolino indove stava Ragusano e dissi, mentri che nel saloni tutti 'ntirrompivano il joco o la finivano di chiacchiariari e stavano a taliare quello che stava capitanno: «Miche', tu ccà non ci puoi stari».

«Pirchì? Moroso sugno?»

«No.»

«E 'nfatti mè mogliere mi dissi che ha sempri pagato le quoti annuali d'iscrizioni.»

«Vero è. Ma non si tratta delle quoti, ma del fatto che sei stato radiato da socio.»

«Radiato? E da quanno?»

«Tri jorni doppo che sei stato mannato al confino, l'assemblea dei soci, appositamenti arreunita su proposta di Cocò Giacalone, all'unanimità, ha addeciso che tu non eri cchiù digno di farne parti.»

«Accussì sta la cosa?»

«Accussì.»

«E vabbeni» fici frisco frisco Ragusano, «levo il distrubbo. Bonasira a tutti.»

«Un momento!» 'ntirvinni don Manueli Persico.

Ragusano ristò susuto a mezzo. Tutti s'apparalizzaro.

Omo arrivirito e arrispittato, don Manueli Persico, 'ntiso 'u nonno, aviva novantasetti anni e assimigliava cchiù a uno schelitro caminante, sia puro uno schelitro con una gran varba bianca, che a un omo. Era talmenti peddri e ossa e pisava tanto picca ma tanto picca che quanno tirava tramontana usava mittirisi 'n sacchetta a dù petre grosse per non farisi strascinari 'n celo dal vento. Ma aviva 'na voci ancora potenti.

Nel milli e novicento e vintidù, a sittant'anni passati, era stato squatrista arraggiato, col manganello e l'oglio di ricino, e si era fatto la marcia su Roma. Binito Mussolini, che l'aviva notato, l'aviva acchiamato "nonno" e aviva voluto che sfilassi 'n prima fila, subito appresso ai quatrumviri della rivoluzioni, a braccetto di un giovane fascista manco diciottino.

Da allura era stato un fascista firventi, sempri 'n prima linia nelle manifestazioni e sempri pronto a mittirisi la cammisa nivura a ogni occasioni. Aviva fatto dimanna di volontario nella guerra contro i bissini e in quella contro i comunisti spagnoli, ma le dimanne erano state arrefutate a scascione dell'età avanzata. Era a lui che attoccava l'onuri di diri nell'adunate: «Camerati, saluto al duce!».

E la folla arrisponniva: «A noi!».

«Gravi scorrittizza vinni fatta!» proclamò don Manueli.

«Verso chi?» spiò don Filippo.

«Verso il qui prisenti Micheli Ragusano.»

«Si spiegasse meglio.»

«Prima di tutto vi voglio arricordari che il vero fascista è leali con l'avvirsario e giniroso con l'avvirsario vinto!»

«E questo lo sapemo» disse don Filippo.

«Lo sapiti, ma non lo mittiti 'n pratica. Aviti avvirtuto a Ragusano che era stato radiato?»

«Mi pari di no» fici don Filippo.

«E pirchì?»

«Ci passò di menti.»

«E questa è stata la prima scorittizza. Passamo alla secunna. Non essenno stato avvertuto, Ragusano, tramiti sò mogliere, ha continuato a pagari le quoti d'iscrizioni. È accussì?»

«È accussì» ammisi don Filippo.

«E allura v'addimanno: aviti rimannato narrè le quoti annuali o ve le siete 'ncamerate a taci e maci?»

Don Filippo aggiarniò.

«Io non mi occupo della contabilità del circolo. Per questo c'è il raggiuneri Cosentino.»

Gnazio Cosentino, a sintirisi tirato 'n mezzo, si susì di scatto russo 'n facci.

«Non jocamo a futticompagno! Ognuno si pigli le sò risponsabilità! Io non ho arricivuto nisciun ordini di restituiri le quoti alla mogliere di Ragusano e vi fazzo macari prisenti che io sugno socio da quattro anni e che perciò non c'ero quanno addecidistivo la radiazioni! Io di 'sta facenna non ne sapivo nenti di nenti!»

«È chia... chiaro che si è trattato di 'na svista, di un equivoco» disse tanticchia 'mpacciato don Filippo.

«Non lo metto in discussione» fici don Manueli, «la vostra corrittizza è al di supra d'ogni dubbio. Ma è altrettanto chiaro che il signor Ragusano non può essiri allontanato senza che prima gli sia arristituito sino all'urtimo cintesimo!»

«Quanto dobbiamo al signore?» spiò don Filippo a Cosentino per levari subito le cose di 'mmezzo.

«Cento liri.»

«Gliele dia.»

«Spiacenti, ma non li ho 'n cascia. Domani a matino, appena che rapre la banca...»

«Allura non ci semo caputi» 'ntirvinni don Manueli. «Il signor Ragusano non può essiri allontanato senza i dinari che gli spettano. Epperciò facemo ora stisso 'na colletta!»

Si susì, pigliò un grosso posacinniri pulito, ci misi dintra cinco liri, chiamò a Cosentino e gli dissi, pruiennogli il posacinniri: «Continuate voi».

Tempo deci minuti le cento liri vinniro cogliute.

Cocò Giacalone allura levò il posacinniri dalle mano di Cosentino, ci sputò dintra e lo posò supra al tavolo davanti a Ragusano.

«Pigliati il dinaro, bastardo!»

Ragusano, che duranti tutta la discussioni sinni era ristato sempri addritta con un mezzo sorriseddro supra le labbra, dissi: «Il dinaro vi lo rigalo, mannatilo a Mussolini accussì s'accatta 'na cartuccia per spararla contro al catafero della Francia che è stata già ammazzata dai tedeschi. In quanto a voi, caro don Manueli Persico, ricambio la cortesia cusennomi la vucca e non dicenno quello che su di voi ho saputo al confino».

Tutti appizzaro l'oricchi.

«Che... che aviti saputo?» spiò battagliero don Manueli, tintanno di susiri, ma ricadenno nella seggia subito appresso per via che le gamme gli erano addivintate di ricotta.

«Vi dissi che non parlo.»

«Parlati, sinni aviti il coraggio!»

«Muto sugno!»

«Ecco cosa siti voi antifascisti di merda!» scattò don Manueli. «Genti fitusa che metti 'n giro sparle, filame e chiacchiere... Genti senza dignità, senza onuri, che muzzica la mano che gli duna il pani! La morti vi miritati e no 'u confino!»

«Il nomi di Antonio Cannizzaro vi dice nenti?» gli spiò Ragusano a mezza voci taliannolo nell'occhi.

Appuiannosi con tutta la forza ai braccioli della seggia don Manueli arriniscì a mittirisi addritta. Stinnì il vrazzo con l'indici puntato come se era un revorbaro.

«Questa è 'na 'nfami...»

Il "tà" finali vinni soffocato da dù colpi di tossi. Doppodiché don Manueli ricadì assittato, piegò la testa di lato, chiuì l'occhi e non si caminò cchiù.

«Chi succedi, s'addrummiscì?» spiò strammato Cocò.

Il dottori Alletto fici un savuto, pigliò il polso di don Manueli, po' s'agginocchiò e gli misi l'oricchia supra al cori. Stetti tanticchia a sintiri, appresso si susì, scotì sdisolato la testa e dissi: «Morto è».

Cocò fici 'na vociata bestiali arrivolto a Ragusano: «Assassino!». E gli mollò un gran pugno 'n facci. Ragusano volò per mezzo saloni e appena che attirrò Cocò gli fu novamenti di supra massacrannolo a cavuci unni veni veni, 'n facci, 'n petto, 'n panza.

Dù affirraro a Cocò per le spalli e se lo volivano strascinare ma non ce la ficiro. Pariva un toro arraggiato. Dava cavuci e arripitiva: «Assassino! Assassino!».

Po' finalmenti uno dei soci corrì a chiamari i carrabineri che arristarono a Ragusano cchiù morto che vivo.

Due

I funerali di don Manueli Persico foro sullenni.

Proclamato il lutto citatino, la matina del jorno appresso la sò morti il catafero vinni portato nella Casa del fascio di Vigata indove che era stata approntata la cammara ardenti tutta tappizzata di fasci, labari, gagliardetti e fotografii del duce.

Un picchetto d'onori di fascisti 'n divisa e armati di moschetto stava 'n pirmanenza ai quattro lati del catafalco.

C'era stato un probrema che però era stato prontamenti e filicimenti arrisolto.

Naturalmenti a don Manueli era stata mittuta

la cammisa nivura, la stissa che aviva 'ndossato per la marcia su Roma e che tiniva come a 'na reliquia.

Senonché ci si era addunati che la gran varba bianca del vecchio cummigliava completamenti la cammisa che perciò avrebbi potuto essiri 'ndifferentementi nivura o gialla o virdi tanto non si vidiva l'istisso.

«Ennò!» protestò Cocò Giacalone. «Abbisogna attrovare un rimeddio! Tutti devono vidiri che il sò urtimo disiderio, come annava arripitenno sempri, e cioè d'essiri seppelluto 'ndossanno la cammisa fascista, noi l'avemo fascisticamenti arrispittato!»

La soluzioni l'attrovò il Fidirali 'n pirsona, vinuto apposta da Montelusa per fari omaggio al camerata scomparso.

Ordinò che dù giovani fascisti, a turno, con una mano tinissiro sollivata la varba del catafero 'n modo che accussì si vidiva che portava la cammisa nivura.

Il circolo Fascio & Famiglia mantinni dù jorni di chiusura per lutto.

La sira che si raprì novamenti i soci via via che arrivavano apprinnivano che il presidenti don Filippo Caruana aviva indetto per le novi di quella stissa sira, ura nella quali in genere tutti i soci erano prisenti, un'assemblea ginirali straordinaria.

«Camerati» principiò don Filippo, «ho indetto questa assemblea straordinaria su richiesta della metà più uno dei soci come stabilisce il regolamento. E dato che Cocò Giacalone ne è stato il promotore, cedo a lui la parola.»

Cocò si susì a parlari emozionato.

«Per prima cosa vi voglio dire che l'assassino Michele Ragusano, attualmente nell'infermeria del carcere di Montelusa, è stato deferito al Tribunale speciale fascista per la difesa dello Stato. Ho saputo da fonte certa che il camerata giudice istruttore sarebbe orientato a chiedere per Ragusano la pena di morte mediante fucilazione alla schiena in quanto il Ragusano avrebbe a bella posta provocato il nostro povero don Emanuele Persico, quasi centenario epperciò di cuore debole, per causarne il decesso. In parole povere, questo viene a significare che Michele Ragusano è un assassino. Come ho sostenuto io fin dal primo momento. Ora, se Ragusano è un assassino, ci deve per forza essere un assassinato, una vittima. E chi è questa vittima? Il nostro caro e amato camerata don Emanuele Persico. E che faceva don Emanuele Persico un attimo prima di morire? Stava difendendo se stesso in quanto fascista e il fascismo dai volgari insulti di un delinquente antifascista. Possiamo dunque noi sostenere che don Emanuele Persico è una vittima dell'antifascismo? Io penso, camerati, che lo possiamo sostenere. E non possiamo di conseguenza sostenere che la morte sul campo del camerata Persico è paragonabile alla morte di martiri fascisti come Giovanni Berta o il nostro Gigino Gattuso? Io penso che lo possiamo sostenere. Dunque il glorioso nome di Emanuele Persico è da ascrivere nel pantheon dei martiri fascisti. Chi non è d'accordo con me alzi la mano.»

Si susì 'na sula mano, quella dell'avvocato Arturo Pennisi.

«Camerata, avete la parola» dissi don Filippo.

«Premesso che io mi trovo perfettamente d'accordo col camerata Giacalone sul fatto che il camerata Persico sia morto per difendere la causa fascista, devo dichiarare che, a parer mio, una cosa è essere ammazzato con un colpo di revolver e un'altra è morire per un colpo apoplettico. Tutto qua. Perciò...»

«Vorrei ricordare all'egregio avvocato Pennisi che il proverbio dice che ne uccide più la parola che la spada» 'ntirvinni l'avvocato Seminerio.

«Il mio illustre collega sta sbagliando citazione. Il proverbio dice che ne uccide più la gola che la spada» ribattì Pennisi.

«Insomma, avvocato, qual è la sua conclusione?» spiò il presidenti.

«Io dico che sarebbe più giusto definire don

Emanuele un caduto sul campo, senza usare la parola martirio.»

«Ma sul campo è troppo generico!» obbiettò Cocò. «Qualcuno potrebbe pensare che è caduto su un campo di calcio o su un campo di grano o che so io.»

«Si potrebbe forse dire: caduto per la causa fascista» suggirì il dottori Alletto.

Nisciuno ebbi a ridìri su 'sta definizioni. Cocò ripigliò la parola.

«La mia proposta, alla quale ho pensato a lungo, è che tutti i soci firmino una petizione al Podestà perché una delle più centrali strade di Vigata sia intitolata a "Emanuele Persico – Caduto per la causa fascista", e una seconda petizione sia inviata al Federale perché scriva a Sua Eccellenza Benito Mussolini acciocché la povera vedova del nostro camerata Persico, alla quale tutti noi inviamo le nostre più sentite e affettuose condoglianze, possa ricevere la pensione che giustamente spetta ai caduti per la rivoluzione fascista.»

Tutti s'addichiararo d'accordo. Il profissori Ernesto Larussa, che 'nsignava taliàno al liceo di Montelusa, vinni 'ncarricato dal presidenti di scriviri le dù petizioni.

Ora abbisogna sapiri che la povira vidova di don Manueli Persico si chiamava Anna Bonsignore, aviva vinticinco anni ed era 'na biddrizza da fari spavento.

Maritatasi nel ghinnaro del milli e novicento trentasei, qualichi misata appresso sò marito sinni era partuto volontario per la guerra di Spagna e nel ghinnaro dell'anno doppo era morto al fronti, ammazzato dai rossi spagnoli.

Allura don Manueli Persico, per pura ginirosità fascista, come aviva addichiarato a dritta e a manca, si era offerto di maritarisilla e lei aviva accittato. Naturalmenti le nozzi, come sapiva tutto il paisi, erano state sì celebrate, ma non consumate dato che don Manueli aviva abbunnantementi superato l'età valida per la bisogna. Tanto che dormivano 'n cammare siparate.

Non c'era omo di Vigata che ogni tanto, soprattutto la notti, non pinsasse alla biddrizza spardata della picciotta, sula dintra al sò letto e certo ancora cchiù sula al ricordo del primo marito, un picciotto trentino stazzuto e forti come un tauro, il quali, nei picca misi del loro matrimonio, praticamenti la notti non le aviva mai fatto chiuiri occhio.

Ma nisciuno s'azzardava a dari 'na scotolata all'arbolo per fari cadiri quel piro dal ramo, piro che non aspittava altro che cadiri, in quanto il rispetto addovuto a un fascista come a don Manueli era granni assà.

Il matino appresso, che erano passate le deci e la cammarera era appena nisciuta per fari la spisa, la povira vidova, sintenno tuppiare, annò a rapriri 'n vistaglia e s'attrovò davanti a Cocò Giacalone.

Lo fici accomidari 'n salotto. Cocò le arriferì il discurso fatto al circolo e le dissi che di sicuro la proposta di pinsioni sarebbi passata.

La povira vidova si misi a chiangiri.

LA TARGA

«Ah! Lu mè Manueli, mischino! Quant'era bono! Quanto mi voliva beni! Chiossà d'una figlia!» sospirò tra le lagrime.

Cocò le si 'nginocchiò davanti, tintò di consolarla. Lei chiuì l'occhi e si lassò consolari.

La cammarera alle dù di doppopranzo sinni ghiva. Alli tri sonaro alla porta, la signura Anna annò a rapriri 'n vistaglia e s'attrovò davanti al professori Ernesto Larussa. Lo fici accomidari 'n salotto.

«Sono venuto a leggerle la prima petizione, quella rivolta al Podestà per l'intitolazione di una strada a suo marito.»

«Mi la liggissi.»

Il professori gliela liggì. La povira vidova si misi a chiangiri.

«Ah! Lu mè Manueli, mischino! Quant'era bono! Quanto mi voliva beni! Chiossà d'una figlia!» sospirò tra le lagrime.

Il professori le si 'nginocchiò davanti, tintò di consolarla. Lei chiuì l'occhi e si lassò consolari.

Alla fini della consolazioni, che fu longa e variata, il profissori le spiò: «Posso venire domani a leggerle la seconda petizione?».

«Facemu alla stissa ura?» proponì la povira vidova.

Il profissori confidò in gran sigreto al sò amico stritto, il dottori Alletto, come e qualmenti il piro era caduto dal ramo e come lui se l'era mangiato con tutta la scorza.

La notizia il dottori la pigliò come 'na cutiddrata al petto. L'anno avanti aviva dovuto visitari la non ancora vidova che aviva dolori al petto e da allura se l'insognava ogni notti. Maria, che corpo che aviva! Maria, che pelli di villuto! Ah, potirla tiniri abbrazzata stritta stritta, e po' liccarisilla adascio adascio come un gilato e po'... Di questa passioni non ne aviva parlato con nisciuno, manco col professori. La prima cosa che pinsò fu: "Pirchì lui sì e io no?".

Accussì, dù jorni appresso, s'apprisintò verso le deci e mezza di matina 'n casa della vidova.

Aviva visto nesciri la cammarera e pinsava perciò che il tirreno era libiro.

La vidova, che si era appena corcata con Cocò, spiò: «Chi fazzo? Rapro o no?».

«Vacci, ma non fari trasire a nisciuno, liquitalo subito.»

La vidova, che era nuda, si 'nfilò la vistaglia e annò a rapriri.

«Sono venuto per vedere come stava dopo la perdita di suo marito» fici il dottori.

«Sto beni e non ho bisogno di voi» dissi la vidova chiuiennogli la porta 'n facci.

Il dottori prima arrussicò, po' aggiarniò e 'nfini giurò di vinnicarisi.

Passato appena un misi, ci fu la cirimonia, semprici e commoventi, dell'intitolazioni della strata a don Manueli. La targa, con la scritta "Via Emanuele Persico – Caduto per la causa fascista", che era cummigliata dalla bannera triccolori, vinni scummigliata dalla vidova sorretta da un lato da Cocò Giacalone e dall'autro dal profissori Ernesto Larussa.

Tutti ficiro il saluto romano e la banna municipali attaccò «Giovinezza, giovinezza», che vinni cantata 'n coro.

Dù misi appresso arrivò alla vidova la littra con la quali le viniva assignata la pinsioni privilegiata.

La signura Anna, accompagnata da Cocò e dal profissori, si recò al circolo di pirsona per ringraziari i soci che avivano firmato la petizioni per la pinsioni.

Ci fu 'na bicchirata e po' la vidova volli vidiri il posto priciso indove che era morto il sò poviro marito.

L'accontintaro. Misiro la seggia coi braccioli al posto solito indove la tiniva don Manueli e gli rappresentaro la scena. Cocò, mentri la vidova chiangiva, fici la parti di Micheli Ragusano e il profissori quella di don Manueli.

Tre

Fu in quel priciso momento che il dottori Alletto s'arricordò della frasi che aviva ditto Micheli Ragusano e che tutti, a quanto pari, o se l'erano scordata o non ci avivano fatto caso. La frasi era precisamenti questa: «Il nomi di Antonio Cannizzaro vi dice nenti?».

Quelle otto paroli erano state come otto colpi di revorbaro che erano annate tutte a birsaglio. Che vinivano a diri? Ma un significato, e un significato tirribili, lo dovivano aviri se di certo quelle paroli avivano fatto pigliare un colpo mortali e 'stantaneo a don Manueli.

Ristò tutta la notti vigliante per arrinesciri a

capiri come fari per sapirne chiossà. All'alba attrovò la soluzioni. L'unica era d'annare a parlari con la pirsona che quelle paroli aviva ditte, Micheli Ragusano, che 'ntanto era stato cunnannato a quinnici anni e s'attrovava nel carzaro di Ventotene.

Non gli vinni facili ottiniri il primisso, pirchì non era né il sò avvocato né un sò parenti. Ma alla fini, con la raccomannazioni di un lontano zio che era un pezzo grosso al Ministero di Grazia e Giustizia a Roma, arriniscì ad aviri l'autorizzazioni a un sulo incontro. Nisciuno 'n paisi seppi il vero scopo della sò partenza, a tutti Alletto dissi che annava a trovari a un vecchio parenti 'n punto di morti.

E fu accussì che 'na matina il dottori s'attrovò facci a facci con Micheli Ragusano. Essenno medico, notò subito che il carzarato stava mali assà.

«Che aviti?»

«I cavuci che arricivitti al circolo mi rompero le costoli e mi perforaro i purmuna. Sputo sangue matina e sira. Mi stanno facenno moriri a rilento. Che voliti di mia?»

«Lo sapiti che a Manueli Persico...»

«Tutto saccio di 'ste buffonate» l'interrompì Micheli. «La strata dedicata a lui, la pinsioni prilegiata alla sò vidova... Me le scrive mè mogliere.»

«Ecco: io vorria addimostrari che 'st'onoranze sunno propio buffonate.»

«E come?»

«Se voi mi spiegate bono chi è Antonio Cannizzaro e pirchì don Manueli sinni arrisintì tanto...»

La facci di Micheli Ragusano addivintò di petra.

«No» dissi.

«Ma pirchì?!»

«Pirchì quel jorno Manueli Persico, a modo sò, m'addifinnì. E perciò io non aio nenti da dirivi.»

«Ma scusati...»

«Mi dispiaci, ma io aio 'na parola sula. Bongiorno» tagliò corto Ragusano.

Chiamò la guardia e si fici riportari 'n cella.

Per un misi 'ntero il dottori Alletto si mangiò il ficato. Non ci potiva sonno al pinsero del refuto arricivuto da Ragusano. Era sempri nirbuso, trattava malamenti i malati, aviva perso il pititto. E tanto cchiù lui addivintava giarno e malatizzo, tanto cchiù la vidova Persico assimigliava sempri chiossà a 'na rosa radiosa, e il dottori ne sapiva il pirchì attraverso i resoconti particolareggiati che gli faciva il profissori, ignaro però che la rosa viniva abbonnannementi 'nnaffiata macari da Cocò. Po', quanno oramà ci aviva perso ogni spranza, arricivì 'na littra da Ventotene.

Prima di raprirla, dovitti farisi passari il trimolizzo delle mano vivennosi 'na cicaronata di camomilla.

Egregio dottore,

il medico del carcere, dopo un consulto con un collega, mi ha fatto chiaramente capire che sono arrivato alla fine della mia vita. È questione di qualche settimana. Quindi mi sento sciolto dall'impegno morale che avevo preso nei riguardi di Emanuele Persico.

I fatti sono questi. Nel novembre del 1921 Persico si trovava a Marsiglia insieme a un amico, Carlo Miraglia, dove svolgeva attività non chiare.

Sia Persico che Miraglia militavano nell'ala estremista del partito socialista e più volte erano venuti alle mani con alcuni simpatizzanti fascisti di nazionalità italiana. Una notte, nel corso di uno scontro coi fascisti in una strada poco frequentata e pochissimo illuminata, Persico sparò, uccidendolo, il trentenne fascista Antonio Cannizzaro, sposato e padre di un bambino di tredici anni, col quale spesso e volentieri si scontrava venendo più volte alle mani.

Carlo Miraglia, che gli stava a fianco, invece venne colpito alla testa da un fascista e cadde a terra privo di sensi.

Si sentirono vicini i fischietti della polizia e tutti, salvo Persico, si diedero alla fuga. Rimasto solo, Persico mise il suo revolver nella mano di Miraglia e poi scappò anche lui.

Conclusione: Miraglia stette un anno in coma, quando si risvegliò non ricordava assolutamente niente e venne condannato per l'omicidio di Cannizzaro. Ma assieme a Persico e a Cannizzaro c'erano altri tre socialisti, uno dei quali, Giacomo Russo, riparato in un portone, assistette non visto all'ignobile gesto di Persico che scaricava la colpa dell'omicidio su Miraglia. Durante il processo i fascisti coinvolti nello scontro testimoniarono che assieme a Miraglia c'erano altri quattro socialisti che non riuscirono a identificare dato che li conoscevano solo di nome.

Sul fatto che fosse stato Miraglia a uccidere Cannizzaro, nessuno ebbe il minimo dubbio. Solo al termine della sua vita, così come sto facendo io, Russo si decise a scrivere una lunga lettera al figlio di Miraglia nella quale raccontava com'erano andati realmente i fatti. Il figlio di Miraglia, Augusto, tentò di far riaprire il processo, ma la sopravvenuta morte del padre estinse il procedimento di revisione.

Questo mi è stato personalmente raccontato al confino di Lipari da Augusto Miraglia, il quale non sospettava minimamente che l'assassino di suo padre era diventato un fervente fascista. Mi mostrò anche la lettera che gli aveva mandato Russo. A ogni buon conto, le accludo l'indirizzo di Augusto Miraglia. Spero di esserle stato utile. Addio.

Michele Ragusano

Senza perdiri un minuto, il dottori scrissi ad Augusto Miraglia. Ebbi pronta risposta: Miraglia, addesideroso com'era di vinnicare il patre, spidiva al dottori macari la copia fotografica della littra di Russo.

Prima di fari 'n autro passo, il dottori annò a Montelusa a spiare consiglio a Tano Gangitano, un amico avvocato. Gli contò tutta la storia di Manueli Persico e gli detti a leggiri le dù littre. Alla fini, Gangitano storcì la vucca.

«Che c'è?»

«C'è che il punto non è questo.»

«Come non è questo?!»

«Amico bello, se si mettono a spaccare il capello in quattro, potranno sempre sostenere che Persico è vero che nel 1921 era socialista, ma che dopo aver visto Miraglia assassinare Cannizzaro aveva avuto una crisi di coscienza, aveva provato un tale rimorso da convertirsi al fascismo. E le cose resteranno come sono ora.»

«E allora che si può fare?»

«Tu mi hai detto che si pensava che prima del processo a Ragusano l'accusa era orientata a chiedere la pena di morte per omicidio, poi invece Ragusano è stato condannato a quindici anni.»

«E che significa?»

«Qualcosa nell'accusa non ha funzionato. A questo punto, è essenziale conoscere il dispositivo della sentenza. Portamelo e vedrò che si può fare.»

Il dottori quel jorno stisso annò a trovari alla mogliere di Ragusano e si fici dari il nomi e l'indirizzo dell'avvocato che aviva addifinnuto a sò marito davanti al Tribunali spiciali. Appena che l'ebbi, scrissi all'avvocato.

Che a giro di posta gli mannò la sintenza. Il Tribunali non aviva accittato la tesi dell'accusa che era d'omicidio premeditato, e l'aviva derubricata in omicidio preterintenzionale, vali a diri che le paroli di Ragusano avivano provocato sì la morti di Persico, ma l'avivano causata "accidentalmente, e al di fuori di ogni preconcetta volontà d'uccidere".

«Certo che quindici anni per un omicidio preterintenzionale compiuto a parole sono un po' troppi» commentò l'avvocato Gangitano. «Ora bisogna vedere com'è meglio procedere. Non bisogna sbagliare la mossa. Tu che intenzioni hai?»

«Io voglio fare causa a tutti i soci del circolo, sono loro che hanno messo in moto la faccenda.»

«Ti faccio notare che tu, in qualità di socio, hai firmato le due petizioni. Non puoi fare causa a te stesso.»

«Che c'entra! Io allora non sapevo...»

«Levami una curiosità. Ma tu perché sei tanto accanito personalmente contro la memoria di don Emanuele?»

Il dottori arrussicò, ma quella dimanna se l'aspittava epperciò detti la risposta che si era priparata da tempo.

«Io lo faccio... in nome della verità!»

«Allora siamo fottuti» concludì Gangitano.

Doppo un'orata di discussioni, il dottori accittò la proposta dell'avvocato di scriviri 'na littra al Fidirali nella quali diciva che, vinuto casualmenti 'n possesso di documenti compromettenti, riteneva suo dovere di perfetto fascista eccetera eccetera.

Ma duranti la nuttata il dottori ci ripinsò. E se il Fidirali ghittava la littra nel cistino e ti saluto e sono? No, la meglio era di fari 'no scannalo pubbrico mantinennosi però prudenzialmenti scognito.

L'indomani doppopranzo pigliò la sò machina e sinni annò a Catellonisetta, indove che c'era il propietario di 'na tipografia al quali aviva guaruto la figlia da 'na malatia seria.

Il jorno appresso, alla scurata, tornò a Catellonisetta e po' s'arricampò a Vigàta avenno nel portabagagli, in unica copia, un manifesto anonimo, nel quali non arresultava manco il nomi della tipografia che l'aviva stampato.

Il manifesto, che riportava le dù littre e la sintenza del Tribunali speciali, era stato incoddrato supra a un cartoncino liggero.

Alli tri di quella notti il dottori, non visto da nisciuno, l'appizzò a un chiovo supra alla facciata del Municipio.

Il manifesto vinni fatto livari dal Podestà Lanzetta alle deci e mezza, appena tornato da un incontro col Prifetto a Montelusa, per "mancata autorizzazione all'affissione". Ma oramà il danno era fatto. Centinara di vigatisi l'avivano liggiuto e qualichiduno aviva avuto macari la pacienza di ricopiarisillo. Lanzetta mannò a chiamari a Cocò Giacalone.

«Bella minchiata sullenni che m'aviti fatto fari! E ora chi glielo dici al Fidirali?»

Cocò aggiarniò e stava per arrispunniri quanno la porta vinni spalancata con un cavucio e comparse il Fidirali in pirsona, apprecipitatosi da Montelusa, avvirtuto non si sapi da chi.

Pariva 'na vampa di foco pirchì, a parti ch'era russo di capilli, la raggia gli aviva fatto arrussicari la pelli.

«Esigo una spiegazione!» gridò con una voci che lo sintirono persino le pirsone che passiavano nel corso.

Gli cociva che nel discorso funebri aviva parlato di Manueli Persico come "tempra purissima di fascista della primissima ora", ma gli cociva chiossà la littra scritta a Mussolini con la quali aviva fatto ottiniri alla vidova la pinsioni privilegiata.

A quelli che passiavano nel corso arrivaro macari altre dù frasi del Fidirali.

La prima era: «Cambiate quella fottuta targa

stradale!». La secunna fu: «Farò revocare la pensione alla vedova!».

Il consiglio comunali, riunitosi in seduta straordinaria quel doppopranzo stisso, aviva un solo punto all'ordini del giorno: "Cambio della targa stradale intestata a Emanuele Persico".

La mità del consiglio era composta da soci del circolo tra i quali Cocò Giacalone e il profissori Larussa.

Per primo parlò il Podestà Lanzetta, il quali dichiarò che a sò pariri la strata doviva tornari a essiri chiamata come prima, e cioè "Via dei Vespri Siciliani".

Appresso pigliò la parola il consiglieri anziano Macaluso, il quali sostenni la tesi che la strata doviva 'nveci continuari a chiamarisi "Via Emanuele Persico", cancillanno però la sottostanti scritta "Caduto per la causa fascista".

Il consiglieri Bonavia non s'attrovò d'accordo, dissi che i granni meriti fascisti di Manueli

Persico, che era stato squatrista e alla marcia su Roma, non potivano essiri scordati, epperciò secunno lui la targa doviva essiri: "Via Emanuele Persico – Fascista".

«Ma può essiri chiamato fascista uno che ha ammazzato a revorberate a un fascista?» spiò a se stisso e all'autri il consiglieri Butticè.

Calò pinsoso silenzio.

Fu a 'sto punto che addimannò e ottinni la parola il profissori Larussa.

Quattro

Fu chiaro, priciso e conciso.

«Camerati!» principiò. «Mi rifaccio alle parole or ora dette dal camerata consigliere Butticè, e che tutti voi quindi avete ben presenti, e cioè che Emanuele Persico sia stato l'assassino di un fascista. Orbene, la domanda che rivolgo a tutti noi è questa: come siamo venuti a conoscenza di quest'ipotetico episodio? Rifletteteci.»

Fici 'na pausa, talianno a uno a uno a tutti quelli che stavano nella sala. Po' arripigliò.

«La risposta a questa domanda non può essere che una e una sola: attraverso un manifesto vigliaccamente anonimo. Sì, sottolineo vigliaccamente anonimo, perché chi si trincera dietro l'anonimato è un vile individuo che non ha il coraggio di manifestare apertamente le proprie opinioni e che nell'Italia fascista, fatta di gente coraggiosa e leale, non può e non deve trovare ascolto. Ma una parte di noi, purtroppo, a quel manifesto ha immediatamente creduto. Una parte di noi, senza stare a pensarci due volte, ha scelto di prestar fede alle vili insinuazioni di un anonimo piuttosto che ricordare come in ogni momento della sua lunga esistenza Emanuele Persico sia stato per tutti un luminoso, incrollabile esempio di vita e pensiero fascista. Mi dispiace dirlo, ma anche il camerata Federale pare che si sia scordato dell'opera quotidiana e indefessa che il camerata Persico ha svolto per la difesa della nostra santa rivoluzione fascista. Io perciò mi oppongo a che la targa sia rimossa e che venga revocata la pensione alla vedova senza aver prima promosso un'accurata indagine su come andarono veramente i fatti di quella notte a Marsiglia. Ci vogliono prove concrete, risultanze certe, assolute, incontrovertibili, prima di esprimere un giudizio di condanna su Emanuele Persico. Vi preannunzio perciò che scriverò una lettera aperta al Segretario del partito che farò pubblicare sul "Giornale di Sicilia".»

E s'assittò.

Tutti s'agitaro a disagio, le cose si stavano mittenno malamenti, nisciuno s'aspittava che il profissori arrivasse ad attaccari a 'n'autorità come il Fidirali.

Taliaro a Cocò che di certo avrebbi fatto la spia. 'Nveci Cocò stringì la mano a Larussa, facenno vidiri che stava dalla sò parti.

Il Podestà Lanzetta s'asciucò il sudori della fronti e detti la parola al consiglieri Bonavia che l'aviva addimannata.

Bonavia fici tri proposte pricise.

La prima era che l'indagini addimannata dal profissori Larussa annava fatta. L'incarico era da affidari ad Agatino Muscariello, stimato storico locali, che dal jorno dei funerali di don Manueli travagliava a un libro, *Vita esemplare di un fascista: Emanuele Persico*, che sarebbi stato pubblicato a spisi del Comune.

La secunna era che il profissori non doviva scriviri la littra aperta, ma che tutto il consiglio doviva mannare 'na littra al Fidirali prigannolo di sospinniri la richiesta di revoca della pinsioni alla vidova in attesa delle conclusioni dell'indagini.

La terza e urtima arriguardava un piccolo cangiamento della scritta nella targa.

Mentri le primi dù proposte vinniro approvate all'unanimità per acclamazioni, la terza suscitò 'na discussioni che durò a longo.

Alla fini faticosamenti si trovò un accordo.

Fu accussì che dù jorni appresso i vigatisi potirono leggiri la nova targa: "Via Emanuele Persico – Provvisoriamente caduto per la causa fascista".

La targa suscitò commenti non proprio favorevoli tra 'na poco di soci del circolo, soprattutto tra quelli che non facivano parti del consiglio comunali.

«Sunno 'gnoranti e analfabetici!» scatasciò Paolino Marchica che aviva come titolo di studdio la terza limentari.

«Che significa caduto?» fici di rinforzo Jachino Tumminello. «Caduto significa morto. Ora come si fa a scriviri che uno è provisoriamenti morto?»

Dimanne al quali il professori Larussa non si dignò d'arrispunniri.

Siccome che la guerra con la Francia era finuta da un pezzo, lo storico Agatino Muscariello fici prisenti al Podestà che per l'indagini sui fatti di Marsiglia era nicissitato ad annari in quella città per consurtari i giornali dell'ebica. Ottinuto il primisso e il dinaro per il viaggio, sinni partì.

Il Fidirali se la pigliò commoda e arrispunnì doppo quinnici jorni alla littra che gli aviva spiduta il consiglio comunali.

S'addichiarava disposto ad accittari la proposta di sospensiva della pinsioni alla vidova, ma mittiva 'na condizioni 'nderogabili.

La scritta sutta al nomi di Manueli Persico gli sonava riddicola e assà equivoca nei riguardi dei caduti non provvisori per la causa fascista. Si doviva cancillari.

Il Podestà Lanzetta indissi un consiglio straordinario.

Fu subito chiaro a tutti i prisenti che sia Cocò Giacalone che il profissori Larussa stavota erano del pariri di fari contento il Fidirali e di cangiare la scritta supra alla targa.

Gnoravano che i dù, ma ognuno singolarmenti, erano stati mittuti dalla vidova davanti a 'na situazioni senza possibilità di reblica: «Talè, se quel cornuto di Fidirali mi fa livari la pinsioni, tu di viniri ccà nni mia te lo poi scordari».

Ancora 'na vota, il Podestà proponì di tornare a chiamari la strata "Via dei Vespri Siciliani".

E ancora 'na vota il consiglieri Bonavia arricordò i granni meriti fascisti di Manueli Persico e arripitì che la scritta doviva essiri simplicimenti "Fascista".

«Ma come facemo a definirlo fascista? E se poi arresulta che veramenti ammazzò a un fascista, come lo definemo?» 'ntirvinni il consiglieri Butticè.

«Posso fari 'na proposta?» spiò il consiglieri Bonavia.

«Facìtila» arrisponnero tutti.

Bonavia la fici. Scoppiò un'ovazioni.

Fu accussì che dù jorni appresso i vigatisi potirono leggiri la nova scritta: "Via Emanuele Persico – In attesa di definizione".

Passata 'na simana s'arricampò da Marsiglia Agatino Muscariello che direttamenti dalla stazioni si fici portari 'n municipio indove ebbi un colloquio a porti chiuse col Podestà.

«Male nove porto.»

«E cioè?»

«I giornali francisi di 'sta storia nni parlaro

assà assà. I judici non ebbiro dubbio che ad ammazzari a Cannizzaro era stato Miraglia, ma non tinniro conto di 'na tistimonianza di un signori, Marc Séigner, che abitava in quella strata, e che, affacciatosi doppo lo sparo, aviva viduto a un tali che mittiva qualichi cosa nella mano di uno sbinuto 'n terra. E non sulo. Ci fu un secunno signori, Albert Mineau, che scrissi al giornali di Marsiglia dicenno che si era offerto di testimoniari, ma che non era stato accittato. Il cunto di quello che vitti è priciso 'ntifico a quello di Séigner. Io ho fatto fotografari tutti l'articoli e la littra. Glieli consigno.»

Raprì 'na baligia, ne tirò fora un pacco, lo posò supra alla scrivania del Podestà che lo taliò prioccupato squasi fusse 'na bumma. E, in un certo senso, 'na bumma lo era veramenti.

'N conclusioni, ora i testimoni a carrico di Manueli Persico erano tri: Russo, Séigner e Mineau.

L'indagini che aviva voluto il profissori Larussa portava a 'na conclusioni amara.

Quel grannissimo cornuto, parlannone da vivo, di Manueli Persico, doppo aviri ammazzato al fascista, sinni era scappato in Italia e aviva fatto la giniali pinsata di sarbarisi il culo e di rifarisi 'na virginità 'ntruppannosi con gli squatristi e facenno la marcia su Roma.

Sudava friddo, il Podestà Lanzetta. Di sicuro stavota il Fidirali l'avrebbi fatto dimittiri dalla carrica e grasso che colava se non gli livava macari la tessera del partito o lo spidiva al confino.

Nella confusioni in cui s'attrovava, non accapì le paroli che 'ntanto Muscariello gli stava dicenno.

«Eh?» fici, 'ntronato.

«Le volivo diri che prima di partiri per Marsiglia avivo scoperto 'na cosa 'mportanti assà supra a Manueli Persico che però non ebbi tempo d'approfonniri.»

«Un'altra?!» spiò allarmato il Podestà.

«Sì, ma questa non sarebbi 'na cosa nigativa, anzi.»

«Dicitimilla.»

«Mi scusassi, ma prima aio bisogno di fari un controllo all'archivio di storia patria a Palermo. Facemo accussì. Ora io torno a la mè casa, m'arriposo e domani a matino parto per Palermo.»

«Vabbeni. Ma non diti a nisciuno di quello che aviti scoperto a Marsiglia. Nni parlamo quanno tornati.»

E tanto per non sbagliari, appena che Muscariello sinni fu ghiuto, pigliò il pacco, lo 'nfilò dintra a un cascione della scrivania, lo chiuì a chiavi e si misi la chiavi 'n sacchetta.

Tri jorni appresso Muscariello rifirì al Podestà la sinsazionali scoperta.

Manueli Persico, nel 1861, era stato libirato dai garibaldini dal carzaro di Palermo, indove s'attrovava, appena sidicino, per aviri pigliato a pitrate a un cannoneri dell'esercito borbonico.

Priciso 'ntifico a quello che aviva fatto il mitico ragazzo ginovisi di Portoria, quel Balilla addivintato simbolo di tutta la gioventù fascista!

Era 'na notizia che tagliava ogni discussioni.

Non sulo, ma le carte dell'ebica contavano, senza ummira di dubbio, che Nino Bixio se l'era pigliato 'n simpatia e se l'era portato appresso per qualichi tempo chiamannolo "il più coraggioso dei picciotti".

Ma come mai don Manueli non aviva mai parlato di 'sta sò gioventù garibaldina? Forsi per un eccesso di modestia? Vuoi vidiri che macari aviva arricivuta qualichi dicorazioni al valori?

Il Podestà detti ordini a Muscariello di continuari le ricerche e 'ntanto arreunì il consiglio comunali 'n siduta straordinaria.

Lanzetta esponì ai consiglieri tanto le male nove da Marsiglia quanto la bona nova che viniva dalle carti garibaldine.

La discussioni stavota fu tanto animata che correro male paroli tra i consiglieri.

Alla fini vinni accittata la proposta del solito consiglieri Bonavia.

Fu accussì che dù jorni appresso i vigatisi potero leggiri la targa nova: "Via Emanuele Persico – Patriota e garibaldino".

A 'sto punto però il Fidirali non se la sintì cchiù di mannari avanti la proposta di revoca della pinsioni. Davanti a un eroe del Risorgimento era meglio chiuiri un occhio.

Erano passati tri misi quanno Agatino Muscariello s'apprisentò al Podestà e addimannò di parlarigli riservato.

Al sulo taliarlo 'n facci, Lanzetta accapì che quello portava carrico e carrico malo.

«O matre santa! Che aviti scoperto?»

«Che era vero che Manueli Persico, che allura aviva appena sidici anni, s'attrovava a Palermo 'n carzaro ed era stato libirato dai garibaldini. E che era macari virissimo che Bixio se lo tiniva allato.»

«E allura?»

«E allura c'è un seguito. Bixio scoprì che Manueli gli aviva contato 'na sullenni farfantaria.

Non era vero che s'attrovava 'n carzaro per aviri tirato 'na pitrata a un soldato borbonico, ma pirchì aviva arrubbato il dinaro che il parroco di Vigata aviva raccogliuto per la festa di san Calorio.»

«Matre santissima!» dissi il Podestà.

«E non sulo. Dù jorni avanti aviva aggarrato a 'na picciotteddra di quinnici anni e ci aviva fatto i comodazzi sò.»

«Matre biniditta!» dissi il Podestà.

«Allura Bixio, prima di rispidirlo 'n carzaro, arreunì i garibaldini e sputò 'n facci a Manueli chiamannolo "il più vile dei picciotti".»

«Ma non aviva addichiarato che era il cchiù coraggioso?»

«Io 'sta storia del cchiù coraggioso la liggii in un articolo del 1885. Sulo doppo m'addunai che era stato scritto dallo stisso Persico.»

Doppo cinco ure d'animate discussioni, il consiglio comunali arrivò a un punto morto.

«Ma come minchia lo possiamo definiri a 'sto cazzo di Manueli Persico?» scatasciò il Podestà.

«Supra alla targa, scrivemoci simplicimenti "Emanuele Persico – Un italiano" e finemola ccà» proponì il consiglieri Bonavia.

Fu accussì che la strata tornò a chiamarisi Via dei Vespri Siciliani.

Caro Maestro

Giuseppina Torregrossa

Caro Maestro,

so che a vossia questo appellativo non ci piace e mi dovete perdonare, ma "egregio dottore" mi parse titolo per un rappresentante, magari di libri, ma sempre rappresentante. "Gentile Camilleri" mi suonò come un campanello scordato, e anche semplicemente "Camilleri" non poteva essere: un tono accussì perentorio, squasi di cumannu, a una persona di rispetto come a voi. Solo per decidere come vi dovevo chiamari, mi ci vosiru due nottate sane. Ma siccome 'mbriachi e picciliddri Dio l'aiuta, tutta 'nta 'na vota mi venne in soccorso la buonanima di Leonardo Sciascia, pensatore di tutto rispetto e vostro grande amico, a quanto m'arrisulta.

Vossia s'arricorda che quannu il consiglio accademico dell'Università di Messina addicidiu di conferire a Sciascia la laurea honoris causa, iddu fici 'nziga di no con la testa, cà 'na parola era picca e due ci parevano assai. «Honoris, no dishonoris» s'arrisintiu il magnifico rettore, e mannò 'na delegazione per pirsuaderlo.

«Dopo la cerimonia, potrà pregiarsi del titolo di professore» ci disse il capodelegazione. A tutti quegli illustri intellettuali che lo tiravano chi a gritta e chi a mancina e che, detto tra noi, non erano degni di lustrarci le scarpe di sutta, il vostro amico c'arrispunniu che gli bastava essere maistro. Ora io, che non sono niente, la penso 'ntifico come a Sciascia. Sunnu i maistri delle scuole vascie, le elementari, a canciari un paisi. Ecco pirchì mi piaci questo appellativo, e poi vossìa un maestro per me fu, è, sarà. No, non lo dico ad captandam benevolentiam, e manco per 'ncensiari a vossia, chista è sulu la pura e nuda virità! E ora vengo e mi spiego.

Dovete sapere che quannu acchianai di Palermo a Roma, io ero 'na picciuttedda quindicina. Nella città eterna accuminciai a frequentare il ginnasio, ma subito la scola s'appalesò come 'na via Crucis.

Ogni matina, alli otto, appena sonava la campanella trasiva a testa bassa e con il cuore scuru. M'assittava all'ultimo banco, cercando di passare inosservata, cà ci vuliva nenti a scatenari la matri superiora. Era 'na scola di monache, frequentata solo da fimmine, cà me patri ci teneva all'istruzione e macari alla virtù. Vossia lo sapi, erano altri tempi.

La professoressa di latino faceva l'appello ogni matina. Era grossa di cianchi, aviva li spalli sicchi sicchi e le minne piatte. La chiamavano "la tignusa", pirchì c'aveva 'na parrucca 'n testa. «Torregrossa» gridava perentoria, e io quatelosa arrispunniva «Presenti» e subito le mie compagne accuminciavano a ridere. Colpa delle "e" larghe come la piazza di Vigàta. Siddiata, mi ritiravo dietro un libro, ma la professoressa insisteva: «Torregrossa, che fai, non vieni interrogata?».

«Scusi, professoressa, non l'avevo capito» arrispunnivo d'istinto. Le risate diventavano sghignazzi. Colpa delle "o" strascicate come la strata longa tra Vigàta e Montelusa.

Alla prima domanda principiavo a parrari cù 'na vuci leggia, ca pariva 'na preghiera.

«Come dici, Torregrossa?» m'interrompeva la tignusa e si purtava la mano all'oricchia. Io, allura, mi pigliavo di coraggio e alzavo il tono. Ma, appena aprivo la vucca, succedeva il virivirì. E non c'era picciotta ca non mi faciva la ripassata.

Io ero brava, mi piaceva leggiri, studiavo e le cose le sapevo bene, ma doppu un misi di fari 'sta turilla m'ammutolii. Oggi si chiamerebbe mutismo selettivo, perché in casa io parravo, c'avevo macari 'na bella parlantina, solo dintra alla scola perdevo la parola. All'epoca chisti cosi nun si sapivanu, e i professori accuminciaro a diri ca ero scecca. Pì lu nirbusu io allura accuminiciai a fumari.

La pagella del primo trimestre era 'ntifica a una schedina del totocalcio. Mio padre prima mi detti due timpulate, poi mi mannò a lezione da un professore privato, siciliano, marinisi macari iddu, se la memoria non mi fa difetto.

«Un insigne grecista e latinista» si inchiva la vucca mia madre con le sue amiche, «ha scrittu libbra macari con Paratore!»

Ci andavo ogni pomeriggio della simana, dalli tri di doppopranzo alli setti di la sira. Lui parlava e io ascoltavo.

Al secondo trimestre mio padre di timpulate minni detti quattru. La pagella era 'na fila longa longa di "n.c.". La colpa era sempre delle vocali troppo larghe, che io non arriniscia a dire giuste; della vucca che non sapìa atteggiare a culo di gaddina, e delle mie compagne che la parola "terrona" me la stricavano mussu mussu.

Fu il vecchio professore ad aiutarmi. Era un

omo 'ntilligenti e chinu chinu d'amuri per gli studenti. Chiamò mia madre, le offrì un caffè, la lassò lamintari tanticchia, che le fimmine siciliane per contare lastime sono le prime nel mondo, poi la taliò 'nta l'occhi: «Signora, sò figghia non avi bisogno di mia, sparagnasse 'sti soldi».

Mia madre si mortificò: «Le ha mancato di rispetto?» spiò al professore. Poi cù l'occhi sgriddati mi minazzò: «Ora lo dico a tuo padre».

«Signora, ma che va dicendo!» mi difese l'anziano professore. «La picciotta è educata e pure preparata, non abbisogna perciò di lezioni di latino, semmai di un corso di dizione.»

Mia madre stavota s'arrisintì: «Canciarinni i robbi? Mai Maria!».

Detto tra noi, mia madre è stata sempre separatista e di parlare italiano non ne ha mai voluto sapere. Così, per tutti gli anni del liceo, continuai a bussare ogni pomeriggio alla porta del professore Vincenzo Vadalà, inteso Cecè, uno dei più bei ricordi della mia giovinezza.

LA TARGA

Al secondo anno, in virtù di uno spiccato orecchio musicale, cambiai il mio modo di parlare. A forza di esercitarmi accuminciai a parlare il *romaciliano*, metà romano e metà siciliano. Vale a dire che tanticchia le vocali mi vinivano larghi larghi, tanticchia mi niscevanu stritti stritti. Poi arrivò 'na picciotta nova, grossa e laida, e le mie compagne accuminciaru a papariari a idda, unni manca Dio provvede. In ultimo, ma di 'sta cosa 'un sugnu tanto sicura, mè patri mi fici raccumannari da un parrinu molto importante, successi 'na specie di miracolo e fui promossa.

Ma il vero miracolo, caro Maestro, 'u fici vossia con i libri che cominciò a pubblicare. Pirchì dopo Montalbano la lingua siciliana addivintò di moda e tutti, da Bergamo a Carrapipi, accuminciaru a diri a pappagaddu: "Cabbasisi" e "Salvo sono". Fu allura ca mi 'ntisi libera di grapiri la vucca come mi parìa e piacìa; e, a masciddi spalancati, mi riappropriai del mio siciliano, la lingua del cuore, lassannu l'italiano pì li pinseri e li ragiunamenti.

Perciò vossia, non è solo maistro pì mia ma squasi patri, pirchì m'insignò la strata, quella giusta ca purtava dritto al cuore.

Ma tornando al motivo della littra. Dovete sapere, caro Maestro, che m'attruvai a Milano, quando il mio editore, senza fare nomi, mi tilifonò; e, con quel birignao milanese che rende tutto elegante e raffinato, m'addumannò: «La vuoi scrivere la postfazione al racconto di Camilleri?». Le minne per l'orgoglio m'addivintaro due misure più grandi, e per la felicità non dormii per un mese. Ma mentre passavano li jorna, la contintizza sfumava e al posto suo s'apprisintò una sorta di sgomento.

«Ma tu cu sì» mi dumannavu «per scriviri 'sti cosi sul e del Maestro?» Allora, pinsannu di fari la cosa giusta, mi misi a studiari, pejo! Ogni parola ca scrivevo mi pariva, con rispetto parlando, 'na sulenni minchiata. La cosa giusta sarebbe stata di leggiri *La targa*, ma in quel periodo ero malata e avevo altro di pinsare.

Poi successe che, sempre a Milano, allo spitale

'ndove stavo ricoverata, l'editore mi vinni a trovare. «L'hai letto?» mi dumannò.

Io m'arrisintii: «Ma come? Non lo capisci che ho la testa leggia e mi scanto dell'opirazione?».

E iddu: «Va be', ma il lavoro è lavoro!» e nni vuliva conto e soddisfazione.

Vossia lo sa come sono questi continentali, che a ora di travagghiu nun taliano in faccia a nuddu. Io m'offinii e fici finta che ero stanca e lo congedai.

La mattina dopo, il giorno dell'opirazione, m'arrispigghiai presto, manco con le gocce avevo potuto dormire. Accussì, mentre aspittavo, tanto per non pensare a cose scantuline, mi misi a leggiri. E liggennu liggennu, mi scurdai di lu spitali, di lu medicu, di la malattia. A un certo punto, quando arrivai al "provvisoriamente caduto", mi misi a ridiri accussì forti ca s'appristinò la 'nfirmera tutta spaventata. M'attruvò che mi scatasciava di li risati e allura principiò a chiamari il medico. «Dottore» gridava, «che medicine ha dato alla signora?»

Quello mi taliava con gli occhi spirdati.

«Signora, si sente male? Ha bevuto?» m'addumanava preoccupato.

Io facevo 'nziga di no cù la testa e continuavo a ridere, tenendo gli occhi incollati ai fogli: non avevo nessuna 'ntinzione d'intirrompere la lettura. Poi trasì un fimminune, l'anestesista, mi tirò lu libbru da li mani e seria seria mi comunicò che era arrivato il mio turno. «Ora ti facemu dormiri» dissi cù l'occhi sgriddati e mi mostrò 'na siringa longa longa.

Io fici pì susirimi. «Lu libbru» gridai. «Vogghiu finiri lu libbru.» La fimminuna m'affirrò e mi 'nfilò l'ago 'nta la vina. «Vogghiu sapiri comu finisci, datimillu» li supplicai. «Se nun m'arrispigghiu, non saprò mai come finisce.»

Vossia, caro Maestro, forse mi pò capiri, pirchì le sarà capitato di leggiri 'na cosa accussì bedda da passari tutta la notti vigghianti, impipandosene del sonno e della stanchizza.

«Datemi il libro» ordinai alla fimminazza. Questa volta lo dissi 'n 'taliano, pinsanno che mi poteva accapiri megghiu. Non ci fu nenti di fari e, senza né ai né bai, cariu addummisciuta.

L'anestesia non è un vero e proprio sonnu, semmai è come la morti, un sonnu senza sogni, ma pì mia non fu accussì. E mentre le cose andavano come dovevano andare, mi vinni incontro la bonanima di sò nonna Elvira che, come mè nonna Giuseppina, doviva essiri 'na gran fimmina, jocolana e 'mpareggibile cuntastorie. Ora, da quello che vossia riferisce, la nonna Elvira non solo sapìa jocari al varberi e al cliente, al pompiere e allo svampacirino, ma soprattutto era capace di 'mbintari li paroli. Le frasi le canciava e stracanciava fino a quannu un fattu addivintava n'autru fattu. E la signura Elvira, profondamente credente proprio comu mè nonna Giuseppina, che era terzaria francescana, mi dissi 'n sogno la stissa cosa che dissi a vossia da picciotto: «Scrivi comu ti detta 'u cori».

Non appena fui completamente vigghianti, affirrai *La targa* e accuminciai a raggiunari. Il dottori m'attruvò addritta ca studiava ogni parola e li mè occhi aviano una intensità tali ca iddu stessu arristò 'mpressionato.

«Signora» mi dissi cù 'na vuci tutta tischi toschi, «deve riposare.» Io non ci detti cuntu. Il dottore continuò a taliarmi con uno sguardo dubbioso e vigile, poi se ne andò tistianno, evidentemente un'idea importante gli furriava nella mente.

La mattina dopo successe che la caposala, prima d'ogni cosa, si fece il giro di tutti i letti. A ogni comodino, livava la Bibbia e al posto sò ci mitteva un libro di Andrea Camilleri.

«Che fu?» ci spiai.

«Ordine del professore. Dice che è meglio di una medicina» m'arrispunnì. «Guardi che ripresa sorprendente ha avuto lei!»

«Vero è!» convenni cù idda. Ma poi, ricordandomi della Signora Elvira e di mia nonna Giuseppina, buonanime entrambe, le suggerii di mettere i vostri romanzi, sì, ma di lasciare anche la Bibbia, che, se vossia è un maestro, il Padreterno manco ci babbia.

Tornando a *La targa*, ci sono due cose che vorrei dirvi, ma non oso; perché io, caro Maestro, al cospetto di vossia, che siete un gigante, una formica mi sento. Ma non posso stare zitta dopo che la signora Elvira mi ordinò: «Scrivi come ti dice il cuore». Perciò non ve la piglierete a male per queste considerazioni in libertà, vero?

In primisi la storia della venticinquina, mogliera di don Manueli, non mi persuade. Ci pare a vossia che una picciotta di una "biddrizza spardata", "da fari spavento", non viene manco tanticchia 'nquietata da sò marito? Vero è che don Manueli era novantino e non reggeva alle prove dell'amore. Però, per quanto ne so io, e per quanto m'hannu cuntato le fimmine che ho curato quando facevo il medico, ci pare a vossia che un vecchio licco di carne fresca, non ci tentò mai, durante tutto il matrimonio, di dare una taliatina alla mogliera mentre si spogliava, o magari – che saccio – una toccatina?

No, la generosità di don Manueli non mi convince, tanto più che era uno che della legge dell'omini e di Dio se ne impipava altamente, come si scoprirà a tre quarti del racconto, quando la macchina della verità si sarà messa in moto.

In secundisi, anche 'sta leggenda ca li fimmini sunnu come la maga Circe, che all'ommini si li pigghiava e li canciava in porci, non è che mi fa tanto pirsuasa. Vossia mi vuole fare accridiri che Cocò Giacalone, "un omo granni, grosso e manisco, capace della qualunque", se non fosse stato irretito da Anna Bonsignore, la suddetta mogliera di don Manueli, non avrebbe mai architettato l'imbroglio della pinsione di guerra? E che il professore Ernesto Larussa non avrebbe mai promosso la petizione per intitolare una strada al marito della picciotta, se non fosse stato tentato dalle grazie di quel "piro che non aspittava altro che cadiri"?

No, non può essiri che l'omini hanno bisogno della maara per diventare porci. Il fatto vero è che, con rispetto parlando, sono porci di natura, esclusi i presenti naturalmente. C'è chi si maschera megghiu, chi pejo, ma in funnu in funnu quannu *natura premit*, ognunu s'appalesa per quello che è veramenti.

Ora, caro Maestro, se la storia l'avissi dovuta cuntari io, l'avrei pinsata diversamenti. E la vinticinquina l'avissi fatta appariri come a Nausicaa, offerta dal padre all'ospite di riguardo che 'na vota è Cocò Giacalone, n'autra vota Ernesto Larussa.

Da ultimo, mi persuade invece la condotta del dottore Alletto che, per la raggia di essere stato arrefutato, decide di vendicarsi. Lo sanno pure i picciliddri che il desiderio dell'omo è una virrina e, se non vieni soddisfatto, capace che spirtusa pure la pietra.

Voi vi rendete conto, caro Maestro, che le femmine nella storia hanno dovuto agire pì necessità e non per scelta. Magari la prossima volta vossia ne potrebbe tenere conto, che le vostre parole sono più efficaci di mille decreti legge e di diecimila proposte in parlamento.

Vi chiedo perdono se ho osato tanto e capisco che è arrivato il momento di chiudere. Perciò vi saluto, con la testa bassa e il cuore in mano, nella speranza che, alla fine di questa lettera, magari una risata vossia se la sarà fatta. E siccome il riso fa buon sangue, va da sé che la littra è megghiu di un'aspirina.

Assà binidica quindi, caro Maestro, vostra umilissima servitrice,

Giuseppina Torregrossa

PS: Caro Maestro, la lettera in questione non attende risposta. Ma nel caso decidesse di mandarmi una di quelle diavolerie moderne, mai, lai, mei, mail, non saccio manco io come le chiamerebbe vostra nonna o la mia, magari potrebbe principiare accussì:

Cara Giuseppina, io rido e quindi sto bene, così spero altrettanto di te...

Indice

La targa	5
Uno	7
Due	21
Tre	35
Quattro	51
Caro Maestro di Giuseppina Torregrossa	67

Finito di stampare nel mese di agosto 2015
presso Grafica Veneta – via Malcanton, 2 – Trebaseleghe (PD)

Printed in Italy